마

음

필

사

일러두기 ————————

1.
이 책에 실린
작품은 시인 또는
한국문예학술저작권협회의
허락을 받아 게재한
것입니다.

2.
〈호수 1〉〈이렇게 될 줄을
알면서도 〉등 몇 편의
시는 시어를 해치지 않는
범위에서 현대어로 옮겨
적었습니다.

손으로 생각하기 1

나를
다시
꿈꾸게 하는
명시
따라 쓰기

마
음
필
사

온몸으로

좋은 시와 명문장을

따라 쓰다 보면

어느새 우리 몸과 마음도

함께 맑아진다.

～～～～～

～～～～～～

～～～～～

～～～～

～～～～

무엇이든 좋다.

손에 익숙한

펜으로 쓰자.

~~~~~~~

~~~~~~~

~~~~~~~

한 여름   고두흰

남녘 장마 진다 소리에
술렁처럼 안부 전화 누르다가
아 이젠 안 계시지 ……

©김기연

마음의 손으로
문장의 속살을 어루만지다

그 시절, 연필로 옮겨 적었던 내 마음의 시와 문장들

하루에 두 번 오는 초록색 버스를 타고 읍내까지 가는 동안 책 보따리에 싸인 필통을 조심스레 만져보곤 했다. 학생들이 모여 글짓기 경연을 벌이는 '고전읽기 독후감 경시대회'에 나가는 길이었다. 어머니를 따라 읍내 장에 가본 것 외에는 '대처'에 나갈 일이 별로 없었기 때문에 그날은 특별히 가슴이 설레었다.

필통에는 정성들여 깎은 연필 몇 자루와 지우개가 들어 있었다. 그리고 파란색 표지의 『삼국사기』『을지문덕』 등 고전읽기 독후감 대회용 책 몇 권. 내 어린 시절 기억의 통로는 이 두 가지를 매개로 이어진다.

그땐 왜 그렇게 연필에 욕심이 생겼을까. 연필은 내게 글씨를 쓰고 그림을 그리는 도구만이 아니라, 하나의 점을 찍고 그 점에서 다음 점으로 선을 긋는 일종의 '제의(祭儀)용 성물(聖物)' 같았다. 그래서 문장을 완성하고 나면 일부러 침을 묻히고 꾹 힘을 주어 마침표를 찍었다. 요즘처럼 흑연 성능이 좋지 않아 혀에 댔다가 써야 진해지는 탓도 있었지만, 나는 내 몸의 한 부분에 신성한 연필의 심촉을 적셔서 글을 쓴다는 그 느낌을 은밀하게 즐겼다.

그건 지금도 마찬가지다. 연필이 종이 위를 지나가는 소리가 좋다. 가끔씩 손에 힘을 주면서 섬세한 종이 질감을 진득하게 느낄 만큼 눌러 써보는 것도 좋다.

고전읽기 대회에 해마다 나가면서 이왕이면 글씨를 잘 쓰는 게 좋다고 생각해 필경사 흉내도 내보았다. 반듯하면서 늘씬한 글씨를 써보려고 몇 시간씩 연습했는데, 이건 어른이 된 뒤 만년필로 쓸 때의 마음과 참 많이 닮았다. 달라진 게 있다면 연필심의 건조한 질감과 종이의 투박함에서 오는 느낌 대신 펜촉의 둥근 질감과 종이의 미끄러움이 주는 세련미랄까. 또박또박 눌러 쓰는 방법 대신, 부드럽게 흘려 쓰는 편안함의 차이도 있을 것이다.

아무튼 그 시절 나에게 연필은 글씨 쓰는 재미와 함께 백지 위에 내 마음을 표현하는 유일한 도구이자 나를 바깥세계와 이어주는 통로였다. 그래서 시골 학교의 잔칫날처럼 다가오는 고전읽기 대회에 임하는 마음이 더욱 각별했다. 필통을 만지작거리는 초등학교(그땐 국민학교라고 했다) 저학년 아이의 설렘이 남달랐던 것도 세상과의 소통이 연필에 달렸다고 믿었기 때문이다.

얼마 후 부모님이 편찮으셔서 남해 금산 보리암 아래 작은 절로 온 식구가 이사를 가는 바람에 학교를 그만두고 산에서 1년 정도 청설모 새끼처럼 쪼르르 쪼르르 놀았다. 고사리와 산나물을 캐러 다니고 버찌, 머루, 다래, 박달열매 같은 걸 따며 온 산을 휘젓고 다녔다. 밤에는 어스름 달빛을 받으며 계곡 물에서 늦도록 참게를 잡았다.

가끔씩 절에 휴양 와 있던 '서울 할아버지'에게 천자문을 배우는 것 외에는 마음껏 놀고 마음껏 헤집고 다녔다. 절집에 처사로 일하는 하석근 아저씨의 나뭇지게를 지고 골짜기로 들어가 참나무 등걸을 한 짐 베어 놓고는 거기에 올라 앉아 먼 바다를 내려다보는 일도 즐거웠다. 남해 바다에는 밤이나 낮이나 아지랑이가 피어오르는 것 같았다. 신기루 같기도 하고 동짓연기 같기도 한 그 빛이 참 좋았다.

그 바다를 백지 삼아 책갈피 속의 명문장들을 옮겨 쓰고, 아름다운 시를 베껴 적으며, 나는 신나는 '자연 수업' 시대를 즐겼다. 중학교에 들어가서는 시인들을 흉내 내며 본격적인 따라 쓰기를 시작했다. 소월과 미당, 목월과 영랑을 따라 쓰면서 빈 귀퉁이에 '시인의 꿈'을 꾹꾹 새기곤 했다.

교내 글짓기 시간은 특히 좋았다. 어느 날 '남해 금산'이라는 시를 썼다. 그때 선생님들에게 분에 넘치는 칭찬을 듣고는 '아, 시인이 되고 싶다'는 생각을 본격적으로 했다. 가을 단풍에 물드는 금산의 아름다움을 바탕에 깔고 그 이면의 세계를 비춰보자는 생각으로 '만산홍엽에도 물들지 않는 바위의 뿌리……' 어쩌고 쓴 기억이 난다. 그 시를 몇 번이나 고쳐 쓰고 또 고쳐 쓰면서 노트 앞뒷면을 가득 메우던 시간들이 그립다.

중학교를 마칠 때까지 산에서 학교까지 왕복 세 시간 거리를 오가며 다른 아이들 몰래 만났던 '길 위의 노트'들도 생각난다. 통학 길의 숱한 점과 선, 연필과 책, 시집과 노트들이 내 삶의 지도 위에 얼마나 많은 문장들을 새겨넣어줬는지…….

이제는 연필에 관한 생각도 좀 더 편안해졌다. 그 뾰족한 심이 날랜 글씨를 새긴 뒤 조금씩 부드러워져서 글의 완성 즈음엔 아주 익숙한 자태로 더 굵어진 마침표를 찍는 것처럼, 그 속에 더 깊은 흑연의 무게를 담아 천천히 제 몸을 부리는 것처럼, 그렇게 온몸으로 눌러 쓴 글자들이 시가 되고 책이 되어 천천히 내게로 왔듯이, 나도 이젠 더 겸허한 자세로 '세상의 노트'가 되는 법을 익히고 싶다.

그 '인생의 노트' 위에 둥근 만년필의 눈매로 다가와 아늑하고 매끄러운 촉을 내미는 순간, 또 다른 삶의 종이가 되어 선하게 몸을 누이는 당신의 모습도 함께.

광속의 디지털 시대에 '손으로 생각하는 의미'를 되새기며

세상이 빛의 속도로 바뀌고 있다. 광속(光速)의 다른 이름은 디지털이다. 이는 곧 빠름이며, 얇음이며, 차가움이다. 그 사이에 우리 자신도 빛의 속도로 변해가고 있다. 아날로그의 힘과 느림, 깊음, 따뜻함의 가치를 잃어버린 채 우리는 화려한 스피드의 향연에 취해 있다.

하지만 우리는 알고 있다. 보자기의 양쪽 끝처럼 대척점에 있는 이 두 가지를 서로 보완해주지 않으면 우리 삶이 균형을 잃고 심하게 기우뚱거릴 것이라는 사실을. 인터넷 혁명이 시작된 이후 세상 변화를 주도해 온 디지털의 매력 이면에서 우리가 포기하고 잃어 온 것들이 무엇인지도 알게 됐다.

스마트한 기계가 오히려 우리를 스마트하지 못하게 만들고, 어리석거나 성마르게 만들 수도 있다. 그래서 스티브 잡스는 생전 자식들에게 스마트 기기를 쓰지 못하게 했다. 비즈니스 세계라고 다른 게 아니다. 진짜 경쟁력은 디지털 기술이 아니라 그 기술로 무엇을 할지를 생각해내는 아날로그적 사고에서 나온다.

디지털 사상가 니콜라스 카가 현대인을 '디지털 스크린에 포획된 사람들'이라고 한 것도 마찬가지다. 서로가 스마트폰 중독자를 만들고, 디지털 치매를 조장하며, 얕은 사고의 늪으로 밀어 넣는 '유리 감옥' 속의 사람들. 서사(敍事)가 사라진 시대의 슬픔은 혼자만 겪는 게 아니다. 손의 힘과 깊이를 되새겨야 할 이유가 바로 여기에 있다.

예부터 생각이 깊고 속이 실한 사람들은 뭔가 달랐다. 그들의 사고와 글에는 품격이 있고 향기가 났다. 노자도 말했다. "그러므로 있음과 없음은 서로를 낳고, 어려움과 쉬움은 서로를 이뤄주며, 긺과 짧음은 서로 나타나게 하고, 높음과 낮음은 서로 있도록 하며, 가락과 소리는 서로 어우러지게 하고, 앞과 뒤는 서로를 따른다(故有無相生 難易相成 長短相較 高下相傾 音聲相和 前後相隨)."

있음은 없음으로 인해 있는 것이고, 어려움은 쉬움으로 인해 어려운 것이며, 긴 것은 짧은 것과 상대해서 존재하고, 높음은 낮은 것과 견주어볼 때 높은 것일 뿐이다. 가락과 소리, 앞과 뒤 또한 그렇다. 이렇게 서로 맞선 대립자를 자기 존재의 성립 근거로 삼는 것이 곧 '상반상성(相反相成)'이다. 널리 알려진 새옹지마(塞翁之馬)의 고사와도 맞닿는 의미다.

이렇게 역설의 가치를 수용하는 '상반상성의 원리'를 체득하면 디지털 시대의 아날로그적 가치와 스피드 시대의 느림·깊이까지 체득할 수 있다. 그 방법 중 하나가 손으로 따라 쓰기, 손으로 생각하기다. 그렇게 온몸으로 좋은 시와 명문장을 따라 쓰다 보면 어느새 우리 몸과 마음도 함께 맑아진다.

온몸으로 교감하는 '마음 필사'의 묘미

무엇보다 천천히 쓰는 게 좋다. 수많은 문호들이 고전을 필사(筆寫)하며 습작기를 보냈듯이, 베껴 쓴다는 것은 단순히 글자를 옮겨 적는 것이 아니다. 연필심이나 펜촉이 종이에 글자를 그리는 그 시간의 결을 따라 문장 속에 감춰진 내밀한 의미가 우리 가슴에 전해진다. 행간에 숨은 뜻도 하나씩 드러난다. 여기에서 교감과 공감의 울림이 시작된다.

그 다음은 편안하게 쓰는 것이다. 강제로 해야 하는 숙제가 아니다. 편안하고 느긋한 마음새가 중요하다. 가장 한가로운 자세로 쓰면 된다. 시인이 쉼표를 찍었으면 그 대목에서 쉬고, 말줄임표를 남겼으면 그 말없는 여백을 느끼면 된다. 그렇게 편히 쉬었다 가는 동안 마음의 밭이랑 사이로 그리운 얼굴이 보일지도 모른다. 아침 샘물에 첫 세수를 하는 것처럼 마음이 맑아질 것이다.

세 번째, 다 써도 좋고 마음에 닿는 단어나 문장만 골라 써도 좋다. 누구에게나 영혼의 밑바닥을 건드리는 글귀가 있다. 그것이 완결된 문장일 때도 있고, 한 단어나 한 음절, 혹은 자음·모음일 때도 있다. 어떤 이는 'ㅇ''ㅁ''ㄴ'을 좋아해서 초등학생의 그림 시간을 흉내 내듯 따라 그린다. 그러다 문득 깨닫는다. 'ㅇ''ㅁ''ㄴ'의 둥근 음소(音素)가 바로 '어머니'의 음운(音韻)과 같다는 것을.

네 번째, 리듬을 타면서 몸과 마음이 움직이는 대로 쓴다. 은은하게 소리를 내면서 쓰는 글은 우리 몸을 완전한 공명체로 만들어준다. 옛사람들도 글을 소리 내어 읽고, 소리를 내면서 따라 썼다. 낭독(郎讀)과 낭송(郎誦)은 모두 음독(音讀)의 하나다. 소리 내어 읽으므로 흥이 나고 즐거워진다. 리듬 따라 머리와 몸을 가볍게 흔드니까 신체 감각도 활성화된다. 눈과 혀, 입술, 성대, 고막까지 자극하니 뇌가 저절로 살아난다. 아이들에게 문장을 읽어주면 상상력과 자신감, 표현력, 감성이 커지는 것처럼 성인도 기억력과 집중력이 좋아진다.

다섯 번째, 연필이나 만년필로 쓰는 게 좋다. 연필을 깎는 시간부터 마음은 고요하게 설레기 시작한다. 그 질감을 즐기며 한 자 한 자 따라 쓰는 과정 또한 사각사각 재미있다. 쓰다가 마음에 들지 않거나 틀리면 지우고 다시 쓰면 된다. 어느 날은 손가락에 착 감기는 만년필로도 써 본다. 종이 위에 흐르는 잉크처럼 생각의 물줄기가 따라 흐를지 모른다. 가끔은 물감의 농염처럼 잉크를 겹쳐가며 예술적인 그림까지 그려보면 또 어떤가.

여섯 번째, 매일 한 시간쯤 쓰는 것도 한 방법이다. 그 시간만큼은 온전히 나를 위한 사색과 성찰의 시간으로 비워두는 것이다. 그렇게 시간이 지나면 어느 순간 한층 깊어진 생각의 단층을 발견할 수 있을 것이다. 이 책의 빈 페이지를 하나씩 채워간 사유의 나이테에서 우리 삶의 비밀스런 정원을 만날 수도 있다. 그렇게 조금씩 빈 곳을 채우다보면 스스로 완성한 책 한 권을 갖게 되는 행복까지 누릴 수 있다.

고두현

목차

첫째 마당, 고래의 꿈

둘째 마당, 그대 생각하노라

셋째 마당, 나는 누구인가

넷째 마당, 꽃을 보려면

다섯째 마당, 나의 전 생애가 담긴 침묵

여섯째 마당, 어느 뉴펀들랜드 개의 묘비명

바래기 첫사랑

깊고 푸른 바다 속
그리운 사람에게
편지 몰래 건네 주고
막 돌아오는 길인가 봐

얼굴 저렇게
단감 빛인 걸 보면.

고 두 현

©박문호

첫째 마당,
고래의 꿈

서른이 되어서야 신춘문예에 당선됐으니 남보다 조금 늦된 편이다. 그 덕분에 습작기를 오래 거쳤다. 손때 묻은 습작 노트가 늘어나는 만큼 생각의 보푸라기도 많아졌다. 영혼의 빈칸을 채울 갈증 또한 커졌다. 그럴 때마다 '근본'을 생각했다. 복잡한 일이 생길 때는 더 그랬다. 그 뿌리감 덕분에 내 삶의 그루터기가 더 튼실해진 게 아닌가 싶다. 등단한 지 20여 년이 지난 지금도 여전히 그 생각을 한다.

아름드리나무의 품격은 어디에서 오는 걸까. 높게 뻗은 가지나 무성한 잎도 보기 좋지만, 더 깊은 아름다움은 뿌리에서 나온다. 키가 클수록 뿌리를 더 깊게 뻗는 나무의 성장법. 품이 넓어질수록 나이테도 하나씩 늘어난다. 뿌리와 나이테는 눈에 보이지 않으나, 오랜 연륜을 증명하는 나무의 역사다. 그 시간의 증표에서 경륜의 힘과 속 깊은 여유가 나온다.

우리 인생도 마찬가지다. 뿌리와 나이테가 튼실할수록 생의 품격이 높아진다. 마음의 뿌리가 깊어지면 심신이 다 의연해져서 함부로 흔들리지 않는다. 사회가 끊임없는 욕망으로 우리를 선동해도 허둥대지 않는다. 욕망에 이끌려 치달리는 삶의 결과가 어떻다는 것을 알기 때문이다. 삿된 욕심을 움켜쥔 채 평정을 갈망한다는 것이 자갈길을 달리는 마차에서 명상하겠다는 것만큼 허망한 꿈이라는 사실도 이제는 안다.

그리고, 또 깨닫는다. 나이 드는 것에 맞서기보다 나이 드는 것을 긍정하고 그것과 함께 살아가는 기술, 노년을 부정하는 안티 에이징(Anti-aging)이 아니라 원숙한 노년을 즐기는 웰 에이징(Well-aging)의 기술이 지금 우리에게 가장 필요하다는 것을.

이제는 우리 젊은 날처럼 다시 고래의 꿈을 꾸고, 눈 내리는 태백산을 오르며, 가슴에 방울 달고 잘랑잘랑 사랑을 하면서, 아들에게는 땅 대신 아직 터지지 않은 꽃씨의 세계를 물려줄 수도 있으리라. 새뮤얼 울먼의 시처럼 비관과 냉소의 얼음에 갇히면 스무 살 청년도 노인이고, 낙관과 열정의 파동을 붙잡으면 여든 살이어도 늘 푸른 청춘이란 이치를 체득했으니!

태백산행

정희성

눈이 내린다 기차 타고
태백에 가야겠다
배낭 둘러메고 나서는데
등 뒤에서 아내가 구시렁댄다
지가 열일곱살이야 열아홉살이야

구시렁구시렁 눈이 내리는
산등성 숨차게 올라가는데
칠십 고개 넘어선 노인네들이
여보 젊은이 함께 가지

앞지르는 나를 불러 세워
올해 몇이냐고
쉰일곱이라고
그 중 한 사람이 말하기를
조오흘 때다

살아 천년 죽어 천년 한다는
태백산 주목이 평생을 그 모양으로
허옇게 눈을 뒤집어쓰고 서서
좋을 때다 좋을 때다
말을 받는다

당골집 귀때기 새파란 그 계집만
괜스레 나를 보고
늙었다 한다

청춘

새뮤얼
울먼

청춘이란 인생의 어떤 시기가 아니라
마음의 상태를 뜻하나니
장밋빛 볼, 붉은 입술, 유연한 무릎이 아니라
의지와 풍부한 상상력과 격정,
그리고 생명의 깊은 원천에서 솟아나는 생동감을 뜻하나니

청춘이란 두려움을 이겨내는 용기,
안락함의 유혹을 뿌리치는 모험심을 뜻하나니
때로는 스무 살 청년보다 예순 살 노인이 더 청춘일 수 있네.
누구나 세월만으로 늙어가지 않고
이상을 잃어버릴 때 늙어가나니

세월은 주름을 피부에 새기지만,
열정을 잃으면 주름이 영혼에 새겨지지
자신감을 잃고, 근심과 두려움에 휩싸이면
마음이 시들고, 영혼은 먼지로 흩어지지.

(다음 페이지로 계속)

예순이건 열여섯이건 가슴 속에는
경이로움을 향한 동경과 아이처럼 왕성한 탐구심과
삶의 기쁨을 찾으려는 한결같은 열망이 있는 법,
그대와 나의 가슴 속에는 무선기지국이 있어
사람들과 무한의 우주로부터 아름다움과 희망,
갈채, 용기, 힘을 수신하는 한
언제까지나 청춘일 수 있네.

안테나가 내려지고
영혼이 냉소의 눈[雪]에 덮이고
비관(悲觀)의 얼음[氷]에 갇힐 때
그대는 스무 살이라도 늙은이가 되네.
그러나 안테나를 높이고
낙관(樂觀)의 파동을 붙잡는 한,
그대는 죽음을 앞둔 여든 살이어도 청춘이라네.

나는 늘
고래의 꿈을 꾼다
언젠가 고래를 만나면
그에게 줄
물을 내뿜는 작은 화분
하나도 키우고 있다

고래의 꿈

송찬호

나는 늘 고래의 꿈을 꾼다
언젠가 고래를 만나면 그에게 줄
물을 내뿜는 작은 화분 하나도 키우고 있다

깊은 밤 나는 심해의 고래방송국에 주파수를 맞추고
그들이 동료를 부르거나 먹이를 찾을 때 노래하는
길고 아름다운 허밍에 귀 기울이곤 한다
맑은 날이면 아득히 망원경 코끝까지 걸어가
수평선 너머 고래의 항로를 지켜보기도 한다

누군가는 이런 말을 한다 고래는 사라져버렸어
그런 커다란 꿈은 이미 존재하지도 않아
하지만 나는 바다의 목로에 앉아 여전히 고래의 이야기를 한다
해마들이 진주의 계곡을 발견했대
농게 가족이 새 펄집으로 이사를 한다더군
봐, 화분에서 분수가 벌써 이만큼 자랐는걸……

내게는 아직 많은 날들이 남아 있다 내일은 5마력의 동력을
배에 더 얹어야겠다 깨진 파도의 유리창을 갈아 끼워야겠다
저 아래 물밑을 쏜살같이 흐르는 어뢰의 아이들 손을 잡고 해협을
달려봐야겠다

누구나 그러하듯 내게도 오랜 꿈이 있다
하얗게 물을 뿜어올리는 화분 하나 등에 얹고
어린 고래로 돌아오는 꿈

참나무

알프레드
테니슨

젊거나 늙거나
저기 저 참나무같이
내 삶을 살아라.
봄에는 싱싱한
황금빛으로 빛나며

여름에는 무성하고
그리고, 그러고 나서
가을이 오면 다시
더욱 더 맑은
황금빛이 되고

마침내 나뭇잎
모두 떨어지면
보라, 줄기와 가지로
나목 되어 서 있는
저 발가벗은 힘을.

참나무

젊지나 늙거나
저기 저 참나무같이
내 삶을 살아라.
몸에는 싱싱한
황금빛으로 빛나며

여름에는 무성하고
그리고, 그리고 나서
가을이 오면 다시
더욱 더 밝은
황금빛이 되고

마침내 나뭇잎
모두 떨어지면
보라, 줄기와 가지로
나무 되어 서 있는
저 반가벗은 힘을.

땅

안도현

내게 땅이 있다면
거기에 나팔꽃을 심으리
때가 오면
아침부터 저녁까지 보랏빛 나팔 소리가
내 귀를 즐겁게 하리
하늘 속으로 덩굴이 애쓰며 손을 내미는 것도
날마다 눈물 젖은 눈으로 바라보리
내게 땅이 있다면
내 아들에게는 한 평도 물려주지 않으리
다만 나팔꽃이 다 피었다 진 자리에
동그랗게 맺힌 꽃씨를 모아
아직 터지지 않은 세계를 주리

나 다시 젊음으로 돌아가면

윤준경

나 다시 젊음으로 돌아가면
사랑을 하리
머리엔 장미를 꽂고
가슴엔 방울을 달아
잘랑잘랑 울리는 소리

너른 들로 가리라
잡초 파아란 들녘을
날개 저어 달리면
바람에 떨리는 방울 소리

방울 소리 커져서
마을을 울리고
산을 울리고
하늘을 울리고
빠알간 얼굴로 돌아누워도
잘랑잘랑잘랑
잘랑잘랑잘랑

나 다시 젊음으로 돌아가면
머리엔 장미를 꽂고
가슴엔 방울을 달고
사랑을 하리
사랑을 하리.

나이 든다는 건 낙담할 이유가 아니라 소망의 토대이고, 조금씩 퇴락해가는 것이 아니라 차츰차츰 성숙해가는 과정이고, 이를 악물고 감수해야 할 운명이 아니라 두 팔 벌려 맞아들여야 할 기회다.

헨리 나웬 『나이 든다는 것』 중

나는 자신의 사그라지는 인생에 대한 울분을 피어나는 생명에 분풀이하는 그런 분노의 노인은 결코 되고 싶지 않다. 노화 방지 대신 노화의 기술, 나이 든다는 것에 맞서 살아가는 대신 나이가 들어가는 것을 긍정하고 그것과 함께 살아가기 위한 나이 듦의 기술이 필요하다. 자연이 영원한 젊음을 누리는 방식은 현대 문명과는 아주 다르다. 자연은 생명을 소멸시키고 새로운 생명을 생성해내면서 영원한 젊음의 상태로 남아 있다.

빌헬름 슈미트『나이 든다는 것과 늙어간다는 것』중

◉

신중함이 없는 용기와 힘이 얼마나 보잘 것 없는가.

에드워드 윔퍼

에드워드 윔퍼 : 알프스 등반기로 유명한 영국인, 마터호른 산 등정에 최초로 성공했지만 하산 중 대원 7명 중 4명을 잃고 간신히 살아남.

앞질러 가는 사람이 자꾸 눈에 띌 때는 뒤에 오는 사람을 생각해 보라. 신에 대해서 인생에 대해서 감사하고 싶으면 당신이 지금까지 얼마나 많은 사람을 앞질러 왔는가를 생각해 보라. 아니 타인은 아무래도 좋다. 당신 자신은 과거의 당신을 앞질러 온 것이다.

루시우스 세네카

◉

누군가에게 미소를 한번 지어주고 격려의 손길을 한번 건네고 칭찬하는 말 한마디를 하는 것은 자신의 양동이에서 한 국자를 떠서 남의 양동이를 채워주는 일이다. 희한한 것은 이렇게 퍼내주고도 제 양동이는 조금도 줄지 않는다는 사실이다.

윌리엄 미첼

◉

비관주의자는 바람이 부는 것을 불평한다. 낙관주의자는 바람의 방향이 바뀌기를 기대한다. 현실주의자는 바람에 따라 돛의 방향을 조정한다.

윌리엄 아서 워드

여행은 서서 하는 독서이고, 독서는 앉아서
하는 여행이다. 여행은 가슴 떨릴 때 해야지
다리 떨릴 때 해서는 안 된다.

정현수 『명언 속 명언』 중

둘째 마당,
그대 생각하노라

첫사랑, 첫눈, 첫 만남, 첫 경험, 첫 키스, 첫 단추, 첫 출근, 첫 마음……. 프랑스 시인 자크 프레베르는 두 연인의 입맞춤을 보고 '그 영원의 한 순간을 / 다 말하려면 모자라리라 / 수 천만 년 또 수천만 년도'라고 노래했다. 얼마나 보고 싶은 마음과 설레는 시간들이 모여 '그 영원의 한 순간'을 만들었을까.

이슬람 시인 이븐 하즘의 '순간'들은 또 어떤가. 여태까지 살아 온 세월을 다 헤아려도 자신의 나이는 한 시간이라고 그는 말한다. 가장 사랑하는 사람을 품에 안고 은밀하게 입 맞춘 그 순간, 지나온 날들이 아무리 많아도 그 짧은 시간만을 나이로 세기 때문이라고 한다.

이럴 때 나이는 단선적인 시간의 합이 아니다. 생의 순정이 불꽃처럼 빛나는 찰나의 총합이다. 우리의 사랑과 우정, 은은한 행복, 한 뼘씩 나이 들어가는 순간의 기쁨도 이와 같다.

호수 1

정지용

얼굴 하나야

손바닥 둘로

폭 가리지만

보고 싶은 마음

湖水만 하니

눈 감을밖에.

소네트 89

윌리엄
셰익스피어

어떤 허물 때문에 나를 버린다고 하시면,
나는 그 허물을 더 과장하여 말하리라.
나를 절름발이라고 하시면 나는 곧 다리를 절으리라,
그대의 말에 구태여 변명 아니하며.
사랑을 바꾸고 싶어 그대가 구실을 만드는 것은
내가 날 욕되게 하는 것보다 절반도 날 욕되게 아니하도다.
그대의 뜻이라면 지금까지의 모든 관계를 청산하고,
서로 모르는 사이처럼 보이게 하리라.
그대 가는 곳에는 아니 가리라.
내 입에 그대의 이름을 담지 않으리라.
불경한 내가 혹시 구면이라 아는 체하여
그대의 이름에 누를 끼치지 않도록.
그대를 위하여서는 나를 대적하여 싸우리라.
그대가 미워하는 사람을 나 또한 사랑할 수 없나니.

소네트 89

어떤 허물 때문에 나를 버린다고 하시면,
나는 그 허물을 더 과장하여 말하리라.
나를 절름발이라고 하시면 나는 곧 다리를 절으리라.
그대의 말에 구태여 변명 아니하며,
사랑을 바꾸고 싶어 그대가 구실을 만드는 것은
내가 날 욕되게 하는 것보다 절반도 날 욕되게 아니하리라.
그대의 뜻이라면 지금까지의 모든 관계를 청산하고,
서로 모르는 사이처럼 보이게 하리라.
그대 가는 곳에는 아니 가리라.
내 입에 그대의 이름을 담지 않으리라.
불경한 내가 혹시 구면이라 아는 체하여
그대의 이름에 누를 끼치지 않도록.
그대를 위하여서는 나를 내치하여 싸우리라.
그대가 미워하는 사람은 나 또한 사랑할 수 없나니.

진짜 나이

이븐 하즘

사람들이 가끔 묻는다네.
희끗희끗한 귀밑머리와
이마에 팬 내 주름살을 보고는
나이가 몇이나 되냐고.

그럴 때 난 이렇게 대답하지.
내 나이는 한 시간이라고.
여태까지 살아온 세월을 헤아리고
그 모든 걸 다 합친다 해도 말이야.

아니 뭐라구요?
사람들은 깜짝 놀라면서
또 이렇게 되묻는다네.
그런 셈법을 진짜로 믿으라구요?

그러면 나는 얘기하지.
이 세상에서 제일로 사랑하는 사람이
어느 날 내 품에 살짝 안겨
은밀하게 입을 맞춘 그 순간,

지나온 날들이 아무리 많아도
나는 그 짧은 시간만을
나이로 센다고.
정말 그 황홀한 순간이 내 모든 삶이니까.

사랑하는 사람 가까이

요한
볼프강
폰 괴테

햇빛이 바다를 비출 때
나 그대 생각하노라
달그림자 샘에 어릴 때
나 그대 생각하노라

먼 길 위에 먼지 자욱이 일 때
나 그대 모습 보노라
깊은 밤 좁은 길을 나그네가 지날 때
나 그대 모습 보노라

물결이 거칠게 출렁일 때
나 그대 목소리 듣노라
모두가 잠든 고요한 숲속 거닐며
나 또한 그대 목소리 듣노라

나 그대 곁에 있노라, 멀리 떨어졌어도
그대 내 가까이 있으니
해 저물면 별아, 나를 위해 반짝여다오
오, 그대 여기 있다면.

임을 보내며(送人)

정지상

비 개인 긴 둑엔 풀빛이 짙은데
남포에서 임 보내며 슬픈 노래 부르네.
대동강 물은 어느 때나 마를꼬,
해마다 이별 눈물 푸른 물결 보태거니.

雨歇長堤草色多 送君南浦動悲歌
大同江水何時盡 別淚年年添綠波

함께 서 있되
너무 가까이
서 있지는 말라.
사원의 기둥들은
서로 떨어져 서 있고
참나무와 삼나무도
서로의 그늘 속에선
자랄 수 없다.

사랑하라, 그러나 간격을 두라

칼릴
지브란

너희 함께 태어나 영원히 함께 하리라.
죽음의 천사가 너희를 갈라놓을 때까지
신의 계율 속에서도 너희는 늘 함께 하리라.
그러나 함께 있으면서도 간격을 둬라.
창공의 바람이 너희 사이에서 춤추게 하라.
서로 사랑하되 그것으로 구속하지는 말라.
너희 영혼의 해안 사이에 물결치는 바다를 놓아두라.
서로의 잔을 채워주되 같은 잔을 마시지 말라.
서로에게 빵을 주되 같은 빵을 먹지 말라.
현악기의 줄들이 같은 화음을 내면서도 혼자이듯이
함께 노래하고 춤추며 즐기되 서로는 혼자 있게 하라.
서로의 가슴을 주되 그 속에 묶어 두지는 말라.
오직 신의 손길만이 너희 가슴을 품을 수 있다.
함께 서 있되 너무 가까이 서 있지는 말라.
사원의 기둥들은 서로 떨어져 서 있고
참나무와 삼나무도 서로의 그늘 속에선 자랄 수 없다.

이렇게 될 줄을 알면서도

조병화

이렇게 될 줄을 알면서도
당신이 무작정 좋았습니다

서러운 까닭이 아니올시다
외로운 까닭이 아니올시다

사나운 거리에서 모조리 부스러진
나의 작은 감정들이
소중한 당신의 가슴에 안겨 든 것입니다

밤이 있어야 했습니다.
밤은 약한 사람들의 최대의 행복
제한된 행복을 위하여 밤을 기다려야 했습니다

눈치를 보면서
눈치를 보면서 걸어야 하는 거리
연애도 없이 비극만 깔린 이 아스팔트

어느 이파리 아스라진 가로수에 기대어
별들 아래
당신의 검은 머리카락이 있어야 했습니다

(다음 페이지로 계속)

나보다 앞선 벗들이
인생은 걷잡을 수 없이 허무한 것이라고
말을 두고 돌아들 갔습니다

벗들의 말을 믿지 않기 위하여
나는
온 생명을 바치고 노력을 했습니다

인생이 걷잡을 수 없이 허무하다 하더라도
나는 당신을 믿고
당신과 같이 나를 믿어야 했습니다

살아 있는 것이 하나의 최후와 같이
당신의 소중한 가슴에 안겨야 했습니다

이렇게 될 줄을 알면서도
이렇게 될 줄을 알면서도.

벗 하나 있었으면

도종환

마음이 울적할 때 저녁 강물 같은 벗 하나 있었으면
날이 저무는데 마음 산그리메처럼 어두워 올 때
내 그림자를 안고 조용히 흐르는 강물 같은 친구 하나 있었으면

울리지 않는 악기처럼 마음이 비어 있을 때
낮은 소리로 내게 오는 벗 하나 있었으면
그와 함께 노래가 되어 들에 가득 번지는 벗 하나 있었으면

오늘도 어제처럼 고개를 다 못 넘고 지쳐 있는데
달빛으로 다가와 등을 쓰다듬어주는 벗 하나 있었으면
그와 함께라면 칠흑 속에서도 다시 먼 길 갈 수 있는 벗 하나 있었으면

잘 있거라 벗이여

세르게이
예세닌

잘 있거라, 벗이여, 안녕.
사랑스런 그대는 내 가슴에 있네.
우리 이별은 예정된 것이언만
내일의 만남을 약속해 주는 것.
잘 있거라, 벗이여, 인사도, 악수도 필요없느니,
한탄하지 말고 슬픔에 찌푸리지도 말게,
인생에서 죽는다는 건 새삼스러운 일이 아니지,
하지만 산다는 것 역시 새삼스러울 것 없는 일이네.

인생에서 최고의 행복은

우리가 사랑받고 있다는 확신이다.

빅토르 위고

사랑을 소유욕과 착각하지 말라. 사람들이 생각하는 것처럼 당신은 사랑 때문에 괴로워하는 것이 아니라, 사랑의 반대말인 소유욕 때문에 괴로워하는 것이다.

생텍쥐페리 『사막의 도시』 중

⊙

경험을 통해 보건대, 사랑은 서로 마주보는 것이 아니라 둘이 함께 같은 방향을 바라볼 때 생겨난다.

생텍쥐페리 『바람과 모래와 별들』 중

⊙

사랑에는 한 가지 법칙밖에 없다. 그것은 사랑하는 사람을 행복하게 만드는 것이다.

스탕달

사랑을 하고 있는 사람의 귀는 아무리 낮은 소리라도 다 알아듣는다.

셰익스피어

◉

좋은 책을 처음 읽을 때는 새로운 벗을 얻은 듯하고, 예전에 정독한 책을 다시 읽을 때는 오랜 벗을 만나는 것과 같다.

올리버 골드스미스

◉

친구를 얻는 유일한 방법은 스스로 완전한 친구가 되는 것이다.

랄프 왈도 에머슨

친구란 두 신체에 깃든 하나의 영혼이다.

아리스토텔레스

◉

참된 우정은 건강과 같다. 그것을 잃기 전까지는 우정의 참된 가치를 절대 깨닫지 못한다.

찰스 칼렙 콜튼

◉

사랑했던 사람뿐 아니라 이제는 만날 수 없는 모든 사람들, 웬일인지 모르게 연락이 끊어진 사람들을 그리워하기 좋은 장소. 그곳은 먼 나라에서 무작정 타는 열차 안이었다. 내게 누군가를 하루 종일 그리워하는 법을 가르쳐준 공간이 바로 유럽의 가지각색 열차들이었다.

정여울 『내가 사랑한 유럽 TOP 10』 중

셋째 마당,
나는 누구인가

나를 찾아 떠나는 여행은 나를 버리는 과정과 닮았다. 내 참모습을 아는 방법은 따로 배워야 하는 게 아니라 이미 있는 것을 발견하는 것인지도 모른다. 이렇게 온전한 나를 만나는 성찰의 시간이 얼마만인가.

아흔 살 넘은 현자의 교훈도 다르지 않다. 나의 삶을 다른 사람들의 삶과 비교하지 말라. 우리는 다른 사람들의 삶이 실제로 어떤지 결코 알 수 없다. 스스로를 너무 심각하게 받아들이지 말라. 자신 말고는 다른 누구도 그렇게 하지 않는다. 오늘밤 자기를 위해 촛불을 켜라. 근사한 속옷을 입고 좋은 와인을 즐기며 최고급 침대 시트를 써라. 다른 특별한 날을 위해 이런 것들을 아껴두지 말라. 오늘이 바로 가장 특별한 날이다.

내 속의 '숨은 보석'인 유머 감각도 잃지 말자. 어느 사슴목장 주인과 방문객의 대화다. "사슴이 몇 마리나 되나요?" "289마리요." "어르신 올해 연세는 어떻게 되십니까?" "한 80 넘었는데, 끝자리는 잘 모르고 산다오." "사슴 숫자는 정확히 알면서 연세는 모르신다뇨?" "그거야 사슴은 훔쳐가는 놈이 많아서 매일 세어 보지만 내 나이야 훔쳐가는 놈이 없어서 그냥저냥 산다오."

장수마을 105세 어르신께 연세를 여쭸더니 "다섯 살밖에 안 먹었어"라고 한다. "네?" "100살은 무거워서 집에 두고 다니지. 허허."

늦게 온 소포

고두현

밤에 온 소포를 받고 문 닫지 못한다.
서투른 글씨로 동여맨 겹겹의 매듭마다
주름진 손마디 한데 묶여 도착한
어머님 겨울 안부. 남쪽 섬 먼 길을
해풍도 마르지 않고 바삐 왔구나.

울타리 없는 곳에 혼자 남아
빈 지붕만 지키는 쓸쓸함
두터운 마분지에 싸고 또 싸서
속엣것보다 포장 더 무겁게 담아 보낸
소포 끈 찬찬히 풀다 보면 낯선 서울살이
찌든 생활의 겉꺼풀들도 하나씩 벗겨지고
오래된 장갑 버선 한 짝
해진 내의까지 감기고 얽힌 무명실 줄 따라
펼쳐지더니 드디어 한지더미 속에서 놀란 듯
얼굴 내미는 남해산 유자 아홉 개.

(다음 페이지로 계속)

「큰 집 뒤따메 올 유자가 잘 됐다고 멋 개 따서
 너어 보내니 춥울 때 다려 먹거라. 고생 만앗지야
 봄 볕치 풀리믄 또 조흔 일도 안 잇것나. 사람이
 다 지 아래를 보고 사는 거라 어럽더라도 참고
 반다시 몸만 성키 추스리라」

헤쳐놓았던 몇 겹의 종이
다시 접었다 폈다 밤새
남향의 문 닫지 못하고
무연히 콧등 시큰거려 내다본 밖으로
새벽 눈발이 하얗게 손 흔들며
글썽글썽 녹고 있다.

연암에서 선형을 생각하다 (燕巖憶先兄)

박지원

우리 형님 얼굴 수염 누구를 닮았던고
돌아가신 아버님 생각날 때마다 우리 형님 쳐다봤지
이제 형님 그리우면 어드메서 본단 말고
두건 쓰고 도포 입고 냇물에 비친 자를 보아야겠네

我兄顏髮曾誰似 每憶先君看我兄
今日思兄何處見 自將巾袂映溪行

- 연암(燕巖) 박지원(朴趾源, 1737~1805)이 51세 때인 1787년에 형을 추모하며 쓴 시. 그보다 일곱 살 위인 형 박희원(朴喜源)은 그해 7월 세상을 떠났다. 1월에 동갑내기 부인을 떠나보낸 데 이어 맏며느리까지 잃고 난 뒤여서 그의 슬픔은 이루 말할 수 없었다.
- 본 작품은 한국고전번역원(신호열.김명호 공역/2004)의 국역본을 기준으로 하였다.

자화상(自畵像)

윤동주

산모퉁이를 돌아 논가 외딴 우물을 홀로 찾아가선
가만히 들여다봅니다.

우물 속에는 달이 밝고 구름이 흐르고 하늘이
펼치고 파아란 바람이 불고 가을이 있습니다.

그리고 한 사나이가 있습니다.
어쩐지 그 사나이가 미워져 돌아갑니다.

돌아가다 생각하니 그 사나이가 가엾어집니다.
도로 가 들여다보니 사나이는 그대로 있습니다.

다시 그 사나이가 미워져 돌아갑니다.
돌아가다 생각하니 그 사나이가 그리워집니다.

우물 속에는 달이 밝고 구름이 흐르고 하늘이
펼치고 파아란 바람이 불고 가을이 있고
추억처럼 사나이가 있습니다.

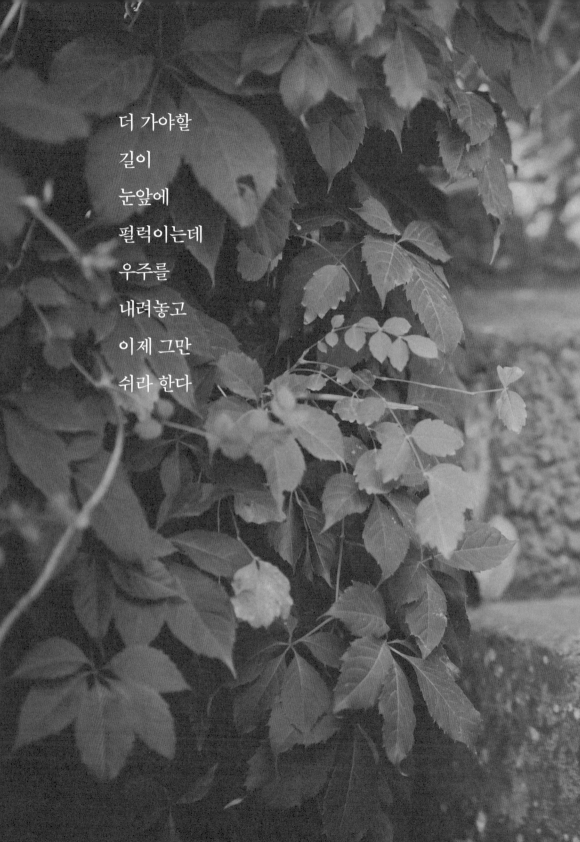

더 가야할
길이
눈앞에
펄럭이는데
우주를
내려놓고
이제 그만
쉬라 한다

구두의 꿈

홍은택

소우주 하나 두 팔로 떠받치고
굳은 살 두터운 아스팔트 걷는다
혼자서는 갈 수 없는 먼길을
서툰 걸음 그대와 보폭을 맞추며
걷고 또 걸어 길 위에서 보낸 내 한평생
온몸으로 전해오는 그대 삶의 무게가
콧등이 시큰하도록 기꺼웠었지
하루의 끝에 서도 길은 끝나지 않아
더 가야할 길이 눈앞에 펄럭이는데
우주를 내려놓고 이제 그만 쉬라 한다
두 어깨의 한없는 가벼움에 놀라 깬 새벽
그 허전함에 다시 또 잠들지 못해
흰 날개를 달고 지상을 떠도는
신발장에 갇힌 아틀라스의 꿈

너의 자유로운 혼이

푸시킨

너의 자유로운 혼이 가고 싶은 대로
너의 자유로운 길을 가라.
너의 소중한 생각의 열매를 실현하라.
그리고 너의 고귀한 행동에 대한 아무런
보상도 요구하지 말라.
보상은 바로 제 자신에게 있는 것이다.
네 자신이 너의 최고의 심판관이다.
다른 누구보다도 엄격하게
너는 제 자신의 작품을 심판할 수 있다.
너는 네 작품에 만족하는가?
의욕 넘치는 예술가여!
네가 황제다. 고독하게 살아라.

햇살에게

정호승

이른 아침에
먼지를 볼 수 있게 해주셔서 감사합니다
이제는 내가
먼지에 불과하다는 것을 알게 해주셔서 감사합니다
그래도 먼지가 된 나를
하루 종일
찬란하게 비춰주셔서 감사합니다

햇살에게

이른 아침에
먼지를 볼 수 있게 해주셔서 감사합니다
이제는 내가
먼지에 통과하다는 것을 알게 해주셔서 감사합니다
그대로 먼지가 된 나를
하루 종일
찬란하게 비춰주셔서 감사합니다

모든 사람이 세상을 바꾸겠다고 생각하지만 어느 누구도 자기
자신을 바꿀 생각은 하지 않는다.

톨스토이

⊙

"사막이 아름다워 보이는 것은 이곳 어딘가에 우물이 숨겨
져 있기 때문이야……."
어린 왕자가 말했다. 그 순간 난 놀랍게도 모래에 쏟아지
는 그 신비한 빛을 이해할 수 있었다.
"맞아."
내가 어린 왕자에게 말했다.
"집이든, 별이든, 혹은 사막이든 그것을 아름답게 만드는
것은 언제나 눈으로 볼 수 없는 거야!"

생텍쥐페리 『어린 왕자』 중

사막이 아름다워 보이는 것은 이곳 어딘가에

우물이 숨겨져 있기 때문이야…….

못 하나가 없어서 말편자가 망가졌다네.
말편자가 없어서 말이 다쳤다네.
말이 다쳐서 기사가 부상당했다네.
기사가 부상당해 전투에서 졌다네.
전투에서 져서 나라가 망했다네.

15세기 영국 민요

◉

우리 마음이 그것을 할 수 있다고 믿으면 산을 옮기고 바다를 메우는 어려운 일이라도 결국에는 성공하는 날을 맞이한다. 우리 마음이 그것을 할 수 없다고 믿으면 손바닥을 뒤집고 나뭇가지를 꺾는 쉬운 일이라도 성공의 날은 오지 않는다.

쑨원

◉

다른 사람을 용서하지 못하는 사람은 자신이 건너야 하는 다리를 끊어버리는 것과 같다. 사람은 누구나 용서를 받아야 하는 존재이기 때문이다.

토머스 풀러

누구든 병에 마음을 집중하면 실제로 병이 생긴다는 것이 과학적으로 입증되었다. 몸이 고장 나는 방법을 끝없이 생각하다 보면 몸에 증상이 나타날 가능성이 커진다. 과학자들은 이를 노세보 효과(Nocebo effect)라고 부른다. 플라세보 효과가 긍정적인 믿음, 기대감, 희망, 따뜻한 보살핌의 힘을 보여준다면 노세보 효과는 부정적인 믿음의 힘을 증명한다.

리사 랭킨 『치유 혁명』 중

◉

사람들은 작은 상처를 오래 간직하고 큰 은혜는 얼른 망각해 버린다. 상처는 꼭 받아야 할 빚이라고 생각하고 은혜는 꼭 돌려주지 않아도 될 빚이라고 생각하기 때문이다. 나의 불행에 위로가 되는 것은 타인의 불행뿐이다. 그것이 인간이다. 억울하다는 생각만 줄일 수 있다면 불행의 극복은 의외로 쉽다.

무라카미 하루키 『상실의 시대』 중

그때보다 지금이 괜찮은 건 그때는 몰랐던 걸 지금은 조금 알기 때문이다. 그건 그때의 조금 못난 내 자신을 지금의 내가 껴안고 있기 때문이다. 여행은, 120점을 주어도 아깝지 않은 '곳'을 찾아내는 일이며, 언젠가 그곳을 꼭 한 번만이라도 다시 밟을 수 있으리란 기대를 키우는 일이며, 만에 하나, 그렇게 되지 못한다 해도 그때 그 기억만으로 눈이 매워지는 일이다.

이병률 『끌림』 중

⊙

옅은 벚꽃 그림자가 발등에 어룽대는데, 그 풍경에 문득 마음이 맑아지고 환해진다. 사람 마음이라는 게 참……. 벚꽃 그림자에도 위로를 받는 것이 사람 마음이다. 이런 게 여행이 주는 위로다. 그래, 나는 화개에서 하루 이틀 생활 따위는 잊을란다. 맨발로 매화나무 아래를 걸으며 향이나 맡을란다. 방안에 봄바람이 들거나 말거나.

최갑수 『당신에게, 여행』 중

넷째 마당,
꽃을 보려면

그동안 참으로 치열하게 살았다. 눈물 젖은 장갑으로 땀을 닦으며 견뎌온 세월, 어리석은 사람은 영달하고 재주 있는 사람은 기회조차 얻지 못하던 시절, 가난하고 슬픈 나와 그보다 더 외로운 이웃들이 난파의 소용돌이 속으로 잠겨간 시간들……. 굴곡진 역사 속에서 불면으로 지샌 밤은 또 얼마나 많았던가.

그렇게 우리는 비를 몰아오는 동풍에 나부끼며, 바람보다 늦게 누워도 바람보다 먼저 일어나고, 바람보다 늦게 일어나도 바람보다 먼저 웃는 풀이 되었다.

이제, 이만하면 됐다. 저기, 꽃을 보려면 들에 나가 먼저 봄이 되어야 한다고 시인이 손짓한다. 봄의 씨방 속에는 고요한 꽃과 따뜻한 잎과 부드러운 흙, 그 모든 것을 품은 어머니가 있다. 그동안 눈이 미처 녹기를 기다리지 못하고, 흙의 가슴이 따뜻해지기를 기다리지도 못하고, 내 속을 찌르는 칼마저 버리지 못했다면, 오늘 들판으로 나가 먼저 봄이 되어도 좋다. 그 속에서 피는 꽃과 세상의 향기로 연초록 풀밭을 다시 가꾸기로 하면서.

꽃을 보려면

정호승

꽃씨 속에 숨어 있는
꽃을 보려면
고요히 눈이 녹기를 기다려라

꽃씨 속에 숨어 있는
잎을 보려면
흙의 가슴이 따뜻해지기를 기다려라

꽃씨 속에 숨어 있는
어머니를 만나려면
들에 나가 먼저 봄이 되어라

꽃씨 속에 숨어 있는
꽃을 보려면
평생 버리지 않았던 칼을 버려라

혼자 웃다(獨笑)

정약용

곡식이 넉넉한 집엔 먹을 사람이 없는데
자식 많은 집에서는 주릴까를 걱정하네
영달한 사람은 어리석기만 한데
재주 있는 사람은 기회조차 얻지 못하네
복을 다 갖춘 집 드물고
지극한 도는 늘 펴지지 못하네
아비가 아낀다 해도 자식이 늘 탕진하고
처가 지혜로운가 싶으면 남편이 꼭 어리석네
달이 차도 구름이 가리기 일쑤고
꽃이 피어도 바람이 떨구네
세상만사 이렇지 않은 게 없어
혼자 웃는 그 뜻을 아는 이 없네

有粟無人食 多男必患飢 達官必憃愚 才者無所施
家室少完福 至道常陵遲 翁嗇子每蕩 婦慧郎必癡
月滿頻値雲 花開風誤之 物物盡如此 獨笑無人知

산에서 보는 달(蔽月山房詩)

왕양명

산이 가깝고 달이 먼지라 달이 작게 느껴져
사람들은 산이 달보다 크다 말하네
만일 하늘처럼 큰 눈 가진 이가 있다면
산이 작고 달이 더 큰 것을 볼 수 있을 텐데

山近月遠覺月小 便道此山大於月
若人有眼大如天 還見山小月更闊

명나라 시인 왕양명(王陽明, 1472 ~ 1529)이 열한 살 때 지었다고 알려진 시. 세상을 큰
눈으로 보고자 한 마음가짐을 알 수 있다. 양명은 그의 호. 본명은 수인(守仁)이다.

성공이란

랄프
왈도
에머슨

날마다 많이 웃게나.
지혜로운 사람에게 존경받고
해맑은 아이들에게 사랑을 받는 것,
정직한 비평가들에게 인정받고
거짓된 친구들의 배반을 견뎌내는 것,
진정한 아름다움을 발견하고
다른 사람의 장점을 알아보는 것,
튼튼한 아이를 낳거나
한 뼘의 정원을 가꾸거나
사회 여건을 개선하거나
무엇이든 자신이 태어나기 전보다
조금이라도 나은 세상을 만들어 놓고 가는 것,
자네가 이곳에 살다 간 덕분에
단 한 사람의 삶이라도 더 풍요로워지는 것,
이것이 바로 성공이라네.

성공이란

날마다 많이 웃게나.
지혜로운 사람에게 존경받고
해맑은 아이들에게 사랑을 받는 것.
정직한 비평가들에게 인정받고
거짓된 친구들의 배반을 견디내는 것.
진정한 아름다움을 발견하고
다른 사람의 장점을 알아보는 것.
튼튼한 아이를 낳거나
한 뼘의 정원을 가꾸거나
사회 여건을 개선하거나
무엇이든 자신이 태어나기 전보다
조금이라도 나은 세상을 만들어 놓고 가는 것.
자네가 이곳에 살다 간 덕분에
단 한 사람의 삶이라도 더 풍요로워지는 것,
이것이 바로 성공이라네.

살아 있는 동안 우리가 던지는 모든 발자국이
사실은 길찾기 그것인데
네가 나에게 던지는 모든 반어들도
실은 네가 아직 희망을 다 꺾지 않았다는 것인데
그것마저도 너와 우리 모두의 길찾기인데

길

도종환

아무리 몸부림쳐도 길이 보이지 않는다고
자정을 넘긴 길바닥에 앉아
소주를 마시며 너는 울었지
밑바닥까지 내려가면 다시
올라오는 길밖에 없을 거라는 그따위 상투적인 희망은
가짜라고 절망의 바닥 밑엔 더 깊은 바닥으로 가는 통로밖에
없다고 너는 고개를 가로저었지
무거워 더이상 무거워 지탱할 수 없는 한 시대의
깃발과 그 깃발 아래 던졌던 청춘 때문에
너는 독하디독한 말들로 내 등을 찌르고 있었지
내놓으라고 길을 내놓으라고
앞으로 나아갈 출구가 보이지 않는데
지금 나는 쫓기고 있다고 악을 썼지
살아 있다는 것은 아직도 희망이 있는 것이라는
나의 간절한 언표들을 갈기갈기 찢어 거리에 팽개쳤지
살아 있는 동안 우리가 던지는 모든 발자국이
사실은 길찾기 그것인데
네가 나에게 던지는 모든 반어들도
실은 네가 아직 희망을 다 꺾지 않았다는 것인데
그것마저도 너와 우리 모두의 길찾기인데

(다음 페이지로 계속)

돌아오는 길 네가 끝까지 들으려 하지 않던
안타까운 나의 나머지 희망을 주섬주섬 챙겨 돌아오며
나도 내 그림자가 끌고 오는
풀죽은 깃발 때문에 마음 아팠다
네 말대로 한 시대가 네 어깨에 얹었던 그 무거움을
나도 안다 그러나 그렇기 때문에 가벼워질 수밖에 없다고
나는 동의할 수 없다
도대체 이 혼돈 속에서 무엇을 할 수 있느냐고
너는 내 턱밑까지 다가와 나를 다그쳤지만
몇편의 시 따위로 그래 정말 몇편의 시 따위로
혁명도 사냥도 아무것도 할 수 없지만
아무것도 할 수 없던 한올의 실이 피륙이 되고
한톨의 메마른 씨앗이 들판을 덮던 날의 확실성마저
다 던져버릴 수 없어 나도 울었다
그래 네 말이 맞다 네 말대로 길이 보이지 않는다
그래 네 말대로 무너진 것은
무너진 것이라고 말하기로 한다
그러나 난파의 소용돌이 속으로 그렇게 잠겨갈 수만은 없다
나는 가겠다 단 한발짝이라도 반 발짝이라도

풀

김수영

풀이 눕는다
비를 몰아오는 동풍에 나부껴
풀은 눕고
드디어 울었다
날이 흐려서 더 울다가
다시 누웠다

풀이 눕는다
바람보다도 더 빨리 눕는다
바람보다도 더 빨리 울고
바람보다 먼저 일어난다

날이 흐리고 풀이 눕는다
발목까지
발밑까지 눕는다
바람보다 늦게 누워도
바람보다 먼저 일어나고
바람보다 늦게 울어도
바람보다 먼저 웃는다
날이 흐리고 풀뿌리가 눕는다

관찰하지 않고 인간을 사랑하기는 쉽다.
그러나 관찰하면서도 그 인간을 사랑하기란
얼마나 어려운가.

깊은 사색 없이 단순, 소박하기는 쉽다.
그러나 깊이 사색하면서 단순 소박하기란
얼마나 어려운가.

자신을 기만하면서 낙천적이기는 쉽다.
그러나 자신을 기만하지 않으면서 낙천적이기란
얼마나 어려운가.

어리석은 자를 증오하지 않고 포용하기란 쉽다.
그러나 어리석은 자를 증오하면서 그에게 애정을 보내기란
얼마나 어려운가.

외롭지 않은 자가 온화하기란 쉽다.
그러나 속절없는 고립 속에서 괴팍해지지 않기란
얼마나 어려운가.

적개심과 원한을 가슴에 가득 품고서
악과 부정과 비열을 증오하기는 쉽다.
그러나 적개심과 원한 없이 사랑하면서
악과 부정과 비열을 증오하기란 얼마나 어려운가.

서준식 『옥중서한(노동사회과학연구소, 2008)』 중

노동은 인간의 보배다. 노동은 기쁨의 아버지다. 노동은 행복의 법칙이다. 노동은 모든 것을 정복한다. 노동은 신체를 굳세게 하고, 가난은 정신을 굳세게 한다. 자기 자식에게 육체적 노동의 고귀함을 가르치지 않는 것은 자식을 약탈 강도로 키우는 것과 다름없다. 노동은 우리로 하여금 권태, 악덕, 욕심에서 멀어지게 한다.

루시우스 세네카

⊙

인간은 항상 시간이 모자란다고 불평을 하면서 마치 시간이 무한정 있는 것처럼 행동한다.

루시우스 세네카

대부분의 사람들에게는 한 번쯤 자신의 결함을 드러낸 경험이 있다. 인간다운 결함을. 이런 경험이 인격과 공감하는 능력을 발전시킨다. 영혼을 성장시킨다. 사막을 횡단하거나 밀림을 통과할 때처럼 힘들고 고통스러운 시기를 보내는 것이 결코 시간낭비는 아니다. 그 과정에서 우리는 인생을, 야생화를, 화석을, 물을 발견할 수도 있기 때문이다.

앤 라모트 『나쁜 날들에 필요한 말들』 중

◉

사람은 대개 자기의 운명을 스스로 만들어간다. 운명이란 외부에서 오는 것 같지만 알고 보면 자기 자신의 약한 마음, 게으른 마음, 성급한 버릇, 이런 것들이 만든다. 어진 마음, 부지런한 습관, 남을 도와주는 마음, 이런 것들이야말로 좋은 운명을 여는 열쇠다. 운명은 용기 있는 사람 앞에서는 약하고, 비겁한 사람 앞에서는 강하다.

루시우스 세네카

다섯째 마당,
나의 전 생애가
담긴 침묵

침묵은 때로 고독의 선물이다. 고독은 결핍에서 오고, 결핍은 상실에서 온다. 생의 굽잇길을 돌 때마다 하나씩 알게 되는 진실. 상실에서 얻는 것이 되레 많다. 어떨 땐 결핍이 완숙을 채운다. 사라지는 것들이 더 아름답다는 생의 비의(秘意)도 알게 된다. 그러니 먼저 버려야 한다. 새 옷을 입으려면 먼저 벗어야 한다.

삶의 괴로움 속에서 건져 올린 기쁨의 빛은 뜻밖에 고요하다. 기쁜 것들은 말없이 다가온다. '고목나무에 푸르므레 봄빛이 드는 거와, 걸어가는 발부리에 풀잎사귀가 희한하게도 돋아나는 일'이 가장 기쁜 것이라고 미당도 말했다. 그 고요한 즐거움이 우리 마음의 빈 곳간을 채우는 날까지 우리는 고독과 상실의 자리를 온전히 비워둘 줄도 알아야 한다.

내 사랑에게 무엇을 줄 수 있을까 생각하다가 '나의 전 생애가 담긴 침묵'을 어떻게 주어야 할지, 하늘과 바다의 침묵에게 물어보는 순간은 얼마나 아름다운가. 뾰족한 직선의 세상을 둥글게 보듬어 안는 곡선의 미학도 잠시 길을 멈추고 주위를 둘러보는 고요의 정적에서 나온다.

141

백접(白蝶)

조지훈

한

노래

별 섬겨

꽃피는 밤

작은 葬送譜

가슴 가을 되고

기쁜 노래 숨진 뒤

조촐히 사라진 白蝶

너는 갔구나 잊히지 않는

하이얀 花瓣 고운 喪章아

병들거라 아픈 가슴

가슴에 눈물지고

정가로운 눈물

고요히 지라

슬픈 피리

불다가

꽃진

밤

백접白蝶 : 흰 나비
장송보葬送譜 : 장송곡
화판花瓣 : 꽃잎
상장喪章 : 상중임을 나타내기 위해 옷가슴이나 소매에 다는 표

142

아말피의 밤 노래

세라
티즈데일

별들이 빛나는 하늘에게 물었네.
내 사랑에게 무엇을 주어야 할지
하늘은 내게 침묵으로 대답했네.
위로부터의 침묵으로

어두워진 바다에게 물었네.
저 아래 어부들이 지나다니는 바다에게
바다는 내게 침묵으로 대답했네.
아래로부터의 침묵으로

나는 울음을 줄 수 있고
또한 노래도 줄 수 있는데
하지만 어떻게 침묵을 줄 수 있을까.
나의 전 생애가 담긴 침묵을.

144

아말피의 밤 노래

별들이 빛나는 하늘에게 물었네.
내 사랑에게 무엇을 주어야 할지
하늘은 내게 침묵으로 대답했네.
위로부터의 침묵으로

어두워진 바다에게 물었네.
저 아래 어부들이 지나다니는 바다에게
바다는 내게 침묵으로 대답했네.
아래로부터의 침묵으로

나는 울음을 줄 수 있고
또한 노래도 줄 수 있는데
하지만 어떻게 침묵을 줄 수 있을까.
나의 전 생애가 담긴 침묵을.

술잔을 들며 2(對酒 二)

백거이

달팽이 뿔 위에서 무엇을 다투는가
부싯돌 번쩍하듯 찰나에 사는 몸
풍족하나 부족하나 그대로 즐겁거늘
하하 크게 웃지 않으면 그대는 바보.

蝸牛角上爭何事 石火光中寄此身
隨富隨貧且歡樂 不開口笑是癡人

백거이(白居易, 772~846)는 당나라 시인. 어려서부터 총명하여 5세에 시를 지었으며 15세 이후 주위 사람을 놀라게 하는 시재를 보였다. 30대에 지은 『장한가(長恨歌)』가 유명하다.

가던 길 멈춰 서서

윌리엄
헨리
데이비스

근심에 가득 차, 가던 길 멈춰 서서
잠시 주위를 바라볼 틈도 없다면 얼마나 슬픈 인생일까?

나무 아래 서 있는 양이나 젖소처럼
한가로이 오랫동안 바라볼 틈도 없다면

숲을 지날 때 다람쥐가 풀숲에
개암 감추는 것을 바라볼 틈도 없다면

햇빛 눈부신 한낮, 밤하늘처럼
별들 반짝이는 강물을 바라볼 틈도 없다면

아름다운 여인의 눈길과 발
또 그 발이 춤추는 맵시 바라볼 틈도 없다면

눈가에서 시작한 그녀의 미소가
입술로 번지는 것을 기다릴 틈도 없다면

그런 인생은 불쌍한 것, 근심으로 가득 차
가던 길 멈춰 서서 잠시 주위를 바라볼 틈도 없다면.

꽃피는 날 꽃 지는 날

구광본

꽃피는 날 그대와 만났습니다
꽃 지는 날 그대와 헤어졌고요
그 만남이 첫 만남이 아닙니다
그 이별이 첫 이별이 아니고요

마당 한 모퉁이에 꽃씨를 뿌립니다
꽃피는 날에서 꽃 지는 날까지
마음은 머리 풀어 헤치고 떠다닐 테지요

그대만이 떠나간 것이 아닙니다
꽃 지는 날만이 괴로운 것이 아니고요
그대의 뒷모습을 찾는 것이 아닙니다
나날이 새로 잎 피는 길을 갑니다

화원

베르톨트
브레히트

호숫가, 전나무와 은백양나무들 사이,
담과 덤불로 둘러싸인 아담한 정원 하나,
달마다 피우는 꽃을 절묘하게 달리하여
3월에서 10월까지 늘 꽃들이 피어난다.

이곳에, 새벽에, 너무 자주는 아니게, 앉아
나는 이런 소망을 품어본다. 나도 언제나
좋든 나쁘든 그때그때 날씨에 따라
이런 저런 멋진 것을 보여주었으면 좋겠다고.

낙화

조지훈

꽃이 지기로소니
바람을 탓하랴

주렴 밖에 성긴 별이
하나 둘 스러지고

귀촉도 울음 뒤에
머언 산이 다가서다.

촛불을 꺼야 하리
꽃이 지는데

꽃 지는 그림자
뜰에 어리어

하이얀 미닫이가
우련 붉어라.

묻혀서 사는 이의
고운 마음을

아는 이 있을까
저어하노니

꽃이 지는 아침은
울고 싶어라.

154

당신의 눈길을 안으로 돌려보라. 그러면 당신
마음속에 아직 발견되지 않은 천 개의 지역을
발견할 수 있을 것이다. 그곳을 여행하라.
그리고 자신이라는 우주의 대가가 되어라.

헨리 데이비드 소로

혼자 있을 때라도 늘 남 앞에 있는 것처럼 생활하자. 마음의 모든 구석구석이 남의 눈에 비치더라도 두려울 것이 없도록 사색하고 행동하자. 진실의 힘은 오래 지속된다. 진실은 사람이 소유하고 있는 재산 중 최고의 것이다. 진실은 진실한 행위를 통해서만 남에게 전달된다. 진실은 인생의 극치다.

루시우스 세네카

⊙

"너의 눈이 말하는 것을 그대로 믿지 말아라. 눈에 보이는 것은 모두가 한계일 뿐이야. 마음의 눈으로 보고 이해하고 그것으로 이미 알고 있는 것을 찾아내라고. 그러면 진정으로 나는 방법을 발견하게 될 거야."

리처드 바크 『갈매기의 꿈』 중

제아무리 강한 사람도 살면서 눈물을 흘리는 때가 있다. 우리는 친구의 어깨를 붙잡고 울기도 하고, 남몰래 이불 속에서 웅크리고 누워 고독의 눈물을 주체하지 못하기도 한다. 때론 우리의 진실을 곡해하는 사람들 앞에서도 참담한 눈물이 고일 때가 있다.

무라카미 하루키 『상실의 시대』중

◉

유머 감각이 없는 사람은 스프링이 없는 마차와 같다. 길위의 모든 조약돌에 부딪칠 때마다 삐걱거린다.

헨리 W. 비처

◉

세상은 불공평해도 세월은 공평하다.

주철환 『오블라디 오블라다』중

여섯째 마당,
어느 뉴펀들랜드 개의
묘비명

세상으로 난 길은 많지만 결국 모두가 같은 목적지에 닿는다. 그게 삶의 방식이다. 길은 어디에선가 반드시 끝난다. 다만 그 길 위에 선 사람들의 보폭이 저마다 넓거나 좁을 뿐, 마지막 걸음은 꼭 홀로 가야만 한다. 그게 죽음의 방식이다.

인생은 멀리서 오는 작은 강물과 작은 강물이 몸을 합쳐 큰 강물을 이루며 알 수 없는 곳으로 다시 흘러가는 두물머리(합수 지점)이기도 하다. 한번 흘러가면 돌아오지 않는 강물을 바라보면서 우리 생애 꽃 잔치가 몇 번이나 남았을까 헤아려보는 순간이기도 하다.

더 중요한 것은 이 세상 소풍 끝내는 날, 가서 아름다웠더라고 말할 수 있는 그 때 우리의 자세다. 그러니 우리 날마다 웃으며 소풍을 시작하고, 모르는 사람에게도 미소를 보이며 길을 걸어야 하리. 사랑을 표현할 때도, 집에 돌아올 때도, 옛날 일을 회상할 때도 그러하리. 생의 마지막 걸음을 홀로 옮기며 미지의 종착지에 닿는 그 성스러운 순간까지도.

달빛 아래 홀로 술을 마시며(月下獨酌)

이백

꽃밭 한가운데 술 항아리
함께 할 사람 없어 혼자 기울이네
술잔 들어 밝은 달 청하니
그림자 더불어 셋이 되었구나
저 달은 본시 마실 줄 몰라
한낱 그림자만 나를 따르네
그런대로 달과 그림자 데리고
모처럼 봄밤을 즐겨보리라
내가 노래하면 달은 나를 맴돌고
내가 춤추면 그림자도 따라 너울
깨어 있을 때는 함께 어울리다가
취한 뒤에는 제각기 흩어지겠지
아무럼 우리끼리 이 우정 길이 맺어
이 다음 은하 저쪽에서 다시 만나세

花間一壺酒 獨酌無相親
擧杯邀明月 對影成三人
月旣不解飮 影徒隨我身
暫伴月將影 行樂須及春

166

그는 아름다움을 가졌으되 허영심이 없고
힘을 가졌으되 거만하지 않고
용기를 가졌으되 잔인하지 않고
인간의 모든 덕목을 가졌으되 악덕은 갖지 않았다.

어느 뉴펀들랜드 개의 묘비명

조지
고든
바이런

여기에
그의 유해가 묻혔도다.
그는 아름다움을 가졌으되 허영심이 없고
힘을 가졌으되 거만하지 않고
용기를 가졌으되 잔인하지 않고
인간의 모든 덕목을 가졌으되 악덕은 갖지 않았다.
이러한 칭찬이 인간의 유해 위에 새겨진다면
의미없는 아부가 되겠지만
1803년 5월 뉴펀들랜드에서 태어나
1808년 11월 18일 뉴스테드 애비에서 죽은
개 보우슨의
영전에 바치는 말로는 정당한 찬사이리라.

황학루(黃鶴樓)

최호

옛사람 황학 타고 이미 떠났거니
이 땅에 황학루만 덧없이 남았네.
황학은 한 번 가고 오지 않는데
흰구름은 느릿느릿 천년이어라.
한양 숲 또렷이 맑은 물에 어리고
앵무주 가득 메운 꽃다운 봄풀
날 저무니 고향은 어디메뇨
연파(煙波) 이는 강 언덕에 시름겨워라.

昔人已乘黃鶴去 此地空餘黃鶴樓
黃鶴一去不復返 白雲千載空悠悠
晴川歷歷漢陽樹 芳草萋萋鸚鵡洲
日暮鄕關何處是 煙波江上使人愁

이른 봄의 시(詩)

천양희

눈이 내리다 멈춘 곳에
새들도 둥지를 고른다
나뭇가지 사이로 햇빛이
웃으며 걸어오고 있다
바람은 빠르게 오솔길을 깨우고
메아리는 능선을 짧게 찢는다
한줌씩 생각은 돋아나고
계곡은 안개를 길어올린다
바윗등에 기댄 팽팽한 마음이여
몸보다 먼저 산정에 올랐구나
아직도 덜 핀 꽃망울이 있어서
사람들은 서둘러 나를 앞지른다
아무도 늦은 저녁 기억하지 않으리라
그리움은 두런두런 일어서고
산 아랫마을 지붕이 붉다
누가, 지금 찬란한 소문을 퍼뜨린 것일까
온 동네 골목길이
수줍은 듯 까르르 웃고 있다.

이른 봄의 시(詩)

눈이 내리다 멈춘 곳에
새들도 동작을 고른다
나뭇가지 사이로 햇빛이
웃으며 걸어오고 있다
마당은 빠르게 오솔길을 깨우고
내아래는 능선을 섬세 젖는다
한줌씩 생각은 돋아나고
개라운 안개를 길어올린다
마윗봉에 기댄 팽팽한 마음이여
물보다 먼저 산정에 올랐구나
아직도 덜 핀 꽃망울이 있어서
사람들은 서둘러 나를 앞서른다
아무도 높은 저녁 기억하지 않으리라
그리움은 무별두린 잊어서고
산 아랫마을 지붕이 밝다
누가 지금 찬란한 소문을 터뜨린 것일까
온 능대 공포진이
수줍은 꽃 가으로 웃고 있다.

수종사 뒤꼍에서

공광규

신갈나무 그늘 아래서 생강나무와 단풍나무 사이로
멀리서 오는 작은 강물과
작은 강물이 만나 흘러가는 큰 강물을 바라보았어요
서로 알 수 없는 곳에서 와서
몸을 합쳐 알 수 없는 곳으로 흘러가는 강물에
지나온 삶을 풀어놓다가
그만 똑! 똑! 나뭇잎에 눈물을 떨어뜨리고 말았지요
눈물에 반짝이며 가슴을 적시는 나뭇잎
눈물을 사랑해야지 눈물을 사랑해야지 다짐하며
수종사 뒤꼍을 내려오는데
누군가 부르는 것 같아서 뒤돌아보니
나무 밑동에 단정히 기대고 있는 시든 꽃다발
우리는 수목장한 나무 그늘에 앉아 있었던 거였지요
먼 훗날 우리도 이곳으로 와서 나무가 되어요
나무그늘 아래서 누구라도 강물을 바라보게 해요
매일매일 강에 내리는 노을을 바라보고
해마다 푸른 잎에서 붉은 잎으로 지는 그늘이 되어
한번 흘러가면 돌아오지 않는 삶을 바라보게 해요

세상에는
크고 작은
길들이 너무나 많다.
그러나
도착지는
모두 다 같다.

홀로

헤르만
헤세

세상에는
크고 작은 길들이 너무나 많다.
그러나
도착지는 모두 다 같다.

말을 타고 갈 수도 있고, 차로 갈 수도 있고
둘이서, 아니면 셋이 갈 수도 있다.
그러나 마지막 한 걸음은
혼자서 가야 한다.

그러므로 아무리 어려운 일이라도
혼자서 하는 것보다
더 나은 지혜나
능력은 없다.

사월에 걸려온 전화

정일근

사춘기 시절 등굣길에서 만나 서로 얼굴 붉히던 고 계집애
예년에 비해 일찍 벚꽃이 피었다고 전화를 했습니다.

일찍 핀 벚꽃처럼 저도 일찍 혼자가 되어
우리가 좋아했던 나이쯤 되는 아들아이와 살고 있는,
아내 앞에서도 내 팔짱을 끼며, 우리는 친구지
사랑은 없고 우정만 남은 친구지, 깔깔 웃던 여자 친구가
꽃이 좋으니 한 번 다녀가라고 전화를 했습니다.

한때의 화끈거리던 낯붉힘도 말갛게 지워지고
첫사랑의 두근거리던 시간도 사라지고
그녀나 나나 같은 세상을 살고 있다 생각했는데
우리 생에 사월 꽃잔치 몇 번이나 남았을까 헤아려보다
자꾸만 눈물이 났습니다.

그 눈물 감추려고 괜히 바쁘다며
꽃은 질 때가 아름다우니 그때 가겠다. 말했지만
친구는 너 울지, 너 울지 하면서 놀리다 저도 울고 말았습니다.

귀천

천상병

나 하늘로 돌아가리라
새벽빛 와 닿으면 스러지는
이슬 더불어 손에 손을 잡고,

나 하늘로 돌아가리라
노을빛 함께 단둘이서
기슭에서 놀다가 구름 손짓하면은,

나 하늘로 돌아가리라
아름다운 이 세상 소풍 끝내는 날.
가서, 아름다웠더라고 말하리라……

우리가 어떻게 살아야 하는지를 배우는 데 한평생이 걸린다. 그리고 어떻게 죽는 것이 옳은지를 배우는데 또 한평생이 걸린다.

인생에서 가장 쓸데없는 것이 탄식이다. 무엇을 얻을까 눈을 두리번거리기 전에 먼저 탄식을 버려라.

루시우스 세네카

◉

생명은 자연의 가장 아름다운 발명이며, 죽음은 더 많은 생명을 얻기 위한 기교이다.

요한 볼프강 폰 괴테

인생은 아름답다! 살아 있다는 것은 멋지다! 당신은 언제나 자신의 병만 생각하기 때문에 어둡고 우울하다. 그래선 안 된다. 사람에게는 '죽는' 일과 마찬가지로 피할 수 없는 일이 있다. 바로 '살아가는' 일이다!

찰리 채플린의 영화 〈라임라이트〉 중

늙은 악사 칼베로 역을 맡은 채플린이 다리가 마비돼 희망을 잃고 자살을 시도하던 젊은 무용수 테리에게 하는 말이다.

⊙

누군가를 행복하게 해주고 싶다면 그 사람의 소유물을 늘리지 말고, 욕망의 양을 줄여주라.

루시우스 세네카

손으로 생각하기 1 ——————— 나를 다시 꿈꾸게 하는 명시 따라 쓰기

마음필사

초판 1쇄 발행 2015년 6월 17일
초판 15쇄 발행 2015년 12월 23일

지은이 고두현
펴낸이 김영범
펴낸곳 토트 · (주)북새통

주소 서울시 마포구 서교동 465-4 광림빌딩 2층
대표전화 02-338-0117
팩스 02-338-7160
출판등록 2009년 3월 19일 제 315-2009-000018호
이메일 thothbook@naver.com

ⓒ 고두현, 2015

ISBN 978-89-94702-49-0 03810